NICOLAS BE

L'INTERVIEW

ÉDITIONS MAÏA

Découvrez notre catalogue sur :

https://editions-maia.com

Nos livres sont éthiques et durables : économes en papier et en encre, ils sont conçus et imprimés en France.

ISBN 979-1-04251-122-7
Dépôt légal : février 2025

« Rappelez-vous que si vous ne commettez aucun péché, Jésus sera mort pour rien. »

Ricky Gervais

Sommaire

Note d'intention/préambule

Sommes-nous le méchant de quelqu'un ?

Chacun vit sa vie en pensant agir avec justesse et légitimité, jusqu'au jour où une personne remet en question nos agissements et nos jugements.

Cette histoire explore l'un des maux de notre société actuelle, l'individualisme et l'injustice sous un fond de fantaisie. Mêlant contemporain et fantastique, cette nouvelle explore la notion du bien et du mal ainsi que cette frontière invisible que l'on peut être tenté de franchir. Où le bon et le mauvais dépendent du point de vue et de l'expérience de chacun, où l'utilisation d'un petit pouvoir peut avoir une grande nuisance sur l'individuel comme sur le collectif.

Pour créer cette fiction, je me suis inspiré d'œuvres littéraires, cinématographiques et musicales. Parmi mes références, on trouve en autres *Entretien avec un vampire, Naruto, IAM, Requiem, Chute libre, After life*…

Chapitre 1 : Le réveil de Mordred

La sonnerie stridente du réveil résonna dans l'appartement sombre et crasseux de Mordred. Les premiers rayons du soleil luttaient pour percer à travers les rideaux tirés, révélant la poussière en suspension dans l'air stagnant. Une partie de son visage était lourdement enfoncée dans l'oreiller, laissant une marque rougeâtre sur sa peau. Une trace de bave, encore humide, coulait sur sa joue, témoignant d'un sommeil profond. Mordred grogna, sa main cherchant machinalement le bouton de répétition pour prolonger son sommeil précieux. Il somnolait dans son lit, toujours habillé de la veille. À l'aube de cette nouvelle journée, le devoir l'appelait, tout comme le travail abattu de la nuit dernière qui lui avait volé ses heures de repos.

Avec un soupir résigné, il se leva, sa silhouette enveloppée d'une brume de fatigue. Son appartement était un tableau de désordre. Des piles de journaux et de magazines jonchaient le sol, entourées de boîtes de pizza vides, de canettes

de soda écrasées et d'un énorme cendrier rempli de vieux mégots posé à même le sol. La lumière rasante de la matinée révélait l'insalubrité dans laquelle Mordred vivait. Les murs et le plafond de son logement avaient la peinture ternie et craquelée par le temps, semblant refléter son trait de caractère et révéler sa personnalité.

Mordred était un homme physiquement imposant, dont son corps témoignait d'un manque d'entretien physique. Son visage était marqué par les stigmates de son passé et de la négligence ; il avait toujours l'air fatigué avec des cernes sous ses yeux comme s'il subissait le temps. Ses cheveux mi-longs, ébouriffés et sa barbe de trois jours mal entretenue ajoutaient à son apparence négligée une forme de nonchalance, tout comme ses dents jaunies par la cigarette. Bien qu'il ait moins de 45 ans, il semblait plus vieux que son âge, portant sur lui l'apparence d'un homme abattu, tourmenté par un traumatisme dont il ne parlait jamais. Son attitude antipathique et son comportement asocial témoignaient de sa colère contre le monde et les inégalités. Malgré l'isolement et la solitude, il ne connaissait pas la peur ; sa force résidait dans sa détermination inébranlable à communiquer ses valeurs et à faire sa justice.

Cette détermination était son moteur, alimentant son engagement inflexible dans ses activités. Mordred menait une existence rythmée par le travail. Le jour, il était au bureau, mais il priorisait ses temps de repos à sa seconde vie. La nuit, il se consacrait entièrement à sa plateforme en ligne, écrivant avec passion pour faire entendre ses idées et défendre ses principes.

Dans un coin de la pièce, sur une étagère poussiéreuse, trônait une photo encadrée de lui avec sa femme. Leurs sourires figés dans le temps semblaient contraster avec l'atmosphère morose du lieu. À côté de cette photo, une échographie était soigneusement insérée dans un cadre sous verre, révélant l'attente joyeuse de leur futur bébé. L'échographie floue et les pages écornées d'un petit agenda ouvert entre les deux photos témoignaient de l'espoir qui avait illuminé leurs vies à l'époque de la grossesse de sa femme. Chaque date annotée représentait un pas de plus vers la concrétisation de leur rêve de fonder une famille. Une période rappelant des jours plus heureux et des souvenirs maintenant lointains.

Dans la cuisine, le bruit du café en train de couler offrait un réconfort bienvenu. Mordred se dirigea vers la cafetière, ses yeux encore embués de sommeil, et remplit une tasse ébréchée. Sa main tremblait légèrement lorsqu'il porta la cigarette à ses lèvres, une habitude familière qui brûlait lentement sa santé. L'odeur du tabac froid et du café chaud imprégnait l'air déjà lourd de son appartement. Ces doses de caféine et de nicotine seraient ses seules alliées pour affronter la journée qui l'attendait.

L'ordinateur portable, ouvert sur la table basse du salon, clignotait. Comme pour attendre ses commandes. *Imprimatur*, son blog, auquel il consacrait toutes ses nuits, réclamait encore son attention. Dans ses publications sous couverture, Mordred se comportait comme un prédateur sans scrupules, prêt à tout pour alimenter son blog et se faire passer pour un justicier contemporain. Usant de son expérience pour récolter des informations, il n'hésitait pas à exercer des pressions sur ses informateurs pour obtenir des renseignements, même les plus douteux et éthiquement discutables. Dans ses publications, Mordred exhibait un manque d'empathie flagrant, dévoilant des données délicates sans le moindre remords. Utilisant ces *scoops* comme un moyen de chantage, il manipulait habilement ses sources pour obtenir des données encore plus sensibles, se comportant ainsi comme un maître chanteur des temps modernes. C'était son combat et son défouloir, un déversoir d'agressivité mis à jour quotidiennement qui commençait à gagner en popularité et à faire parler de lui dans des sphères peu recommandables sur le Net.

Pour lui, chaque révélation était une arme destinée à détruire des personnalités publiques ou des individus qui jouissent d'un pouvoir ou d'une notoriété. Peu importe les vies qui pourraient être écrasées sous le poids de ses mots, son seul intérêt était de dénoncer et de ressentir qu'il avait accompli une bonne action pour le bien commun.

Son blog était devenu le théâtre de ses frustrations, un terrain où il pouvait dénoncer gratuitement sa haine envers l'humanité et la société. Les conséquences de ses publications importaient peu, tant qu'elles alimentaient sa soif de scandales et de destruction. C'était pour lui le prix de la justice. Le café chaud entre ses mains, Mordred se laissa tomber sur le canapé usé, ses doigts dansant sur le clavier abîmé. Une nouvelle journée de lutte perpétuelle contre le désespoir, l'iniquité et d'animosité de son prochain, mais aussi une journée d'opportunités.

Dans la vie, Mordred évoluait au sein d'une rédaction dans un journal régional, un monde où les normes de la société dictaient le rythme et le ton. Là, il endossait le rôle d'un journaliste conventionnel, naviguant à travers les couloirs aseptisés où l'air était gavé de manières et de conformité. Dans le bureau monotone où Mordred officiait, la routine était reine.

Chaque jour, il se retrouvait prisonnier des horaires de bureau rigides, englué dans les codes sociaux et les exigences hiérarchiques. Les visages familiers qui peuplaient l'*open space* semblaient figés dans le temps. Les regards fatigués de ses collègues croisaient brièvement les siens, mais dans ces échanges brefs, il ne découvrait ni complicité ni envie. Les discussions se perdaient dans des banalités stériles, des préoccupations dépourvues d'intérêt. Pour lui, c'était une réalité étouffante, une cage dorée où il se sentait prisonnier, même s'il brûlait d'envie de s'échapper vers des horizons plus aventureux et authentiques.

Pourtant, malgré son dégoût pour ce monde de conventions et de compromis, Mordred était un professionnel consciencieux. Il remplissait ses obligations avec une rigueur apparente, bien que son esprit vagabondât déjà vers des contrées plus exaltantes, plus dangereuses peut-être. Une fois devant son ordinateur, Mordred ne put s'empêcher de soupirer d'ennui. Les titres à traiter sur des sujets tels que l'inauguration de bâtiments publics pour accueillir des startups régionales ou l'ouverture d'une foire locale semblaient dépourvus de toute saveur et de toute signification réelle.

Sa pensée errait déjà vers des horizons plus sombres, plus captivants. Il lança un regard désintéressé sur son téléphone pour consulter la messagerie de son blog, s'attendant à y trouver le flot habituel de menaces et d'injures qui constituait son quotidien numérique.

Les intimidations en ligne l'incitant à fermer son blog, ou même les insinuations de violence physique, n'étaient qu'une sensation fade sur la peau d'un individu façonné par les blessures de son histoire.

Le blog attirait de plus en plus de nouveaux lecteurs, renforçant sa popularité, et cela présentait à la fois des avantages et des inconvénients. De fidèles supporters comme des *haters*. Pourtant, ce matin, un email attira son attention, se démarquant des autres par son intitulé énigmatique : « Morgane : L'appel de la vengeance ».

À la lecture de ces mots, il ressentit un frisson surprenant qui parcourut son corps, un mélange d'appréhension et d'inquiétude.

Les termes du message semblaient chuchoter des menaces voilées, des rappels d'un passé douloureux. Le prénom « Morgane » retentissait très fort en lui, ranimant les souvenirs de son amour perdu. Le prénom de sa femme résonnait comme un funeste écho dans son esprit, ravivant les souvenirs douloureux de l'injustice. La quête de la vengeance a toujours été son moteur. Pourtant, tout au fond de lui, une voix sinistre murmurait des avertissements, des présages néfastes. Mais cet email était un appel vers l'inconnu, rallumant en lui une flamme depuis longtemps éteinte.

Chapitre 2 : Le pacte de la vengeance

Mordred fixa l'écran de son téléphone portable, ses yeux épuisés reflétant une lueur nostalgique mêlée de méfiance. L'email intitulé « Morgane : L'appel de la vengeance » ressortait dans sa boîte de réception, tel un défi lancé à son esprit tourmenté. Avec une curiosité teintée de prudence, il ouvrit le message, sentant le poids de l'inconnu s'intensifier chaque seconde. Le texte était bref, mais son contenu, une vidéo, le glaça jusqu'aux os.

Objet : Morgane : L'appel de la vengeance

Mordred,

Il est temps de se parler et de faire face à la vengeance. Ne te méprends pas sur la nature de la vidéo, tout ce que tu vois est authentique. J'ai beaucoup de choses à te dire. Faisons une interview ensemble ! Réponds-moi et je te dirai où me rencontrer.

En pièce jointe, une vidéo macabre révélait un crime odieux, une scène de violence qui évoquait les pires cauchemars. Mordred retint son souffle, incapable de détourner le regard malgré le dégoût et la terreur qui l'envahissaient. La vidéo, datée de la soirée, se déroulait dans un parking vide d'un hôtel en banlieue de la ville ; une caméra de surveillance avait capturé la scène.

Le meurtre, d'une violence extrême, avait une particularité troublante. L'assassin semblait être doté de capacités surnaturelles, d'une force et d'une agilité dépassant l'entendement humain. Une sorte d'éclat semblait émaner de sa peau comme s'il était entouré d'une aura visible. La qualité moyenne de la vidéo n'altérait en rien la fascination morbide qu'elle exerçait sur Mordred.

Alors que les images défilaient devant ses yeux horrifiés, un détail frappa Mordred de plein fouet : l'homme assassiné dans la vidéo était celui qui avait causé la mort de sa femme des années auparavant dans un terrible accident de voiture. Cet homme, sous l'emprise de drogues et de l'alcool, avait échappé à une condamnation lors de son procès grâce à l'influence politique de son père, un homme puissant et très en vue dans la société.

Un éclat de rage s'alluma dans le regard de Mordred, son cœur battant la chamade alors qu'il prenait conscience de la véritable nature du message. À travers les lignes anonymes, la proposition inattendue l'obséda : une rencontre, une interview avec l'assassin du meurtrier de sa femme. Les mots, lourds de sens, couplés à la vidéo, le secouèrent jusqu'au plus profond de son être.

Ses mains devinrent moites alors qu'une sueur froide perlait sur son front. C'était bien plus qu'une simple opportunité, c'était une plongée vertigineuse vers l'obscurité de son passé, une occasion de trouver la vérité au prix du danger. La proposition était une épée à double tranchant, offrant la possibilité de rétribution, mais aussi celle d'augmenter des souvenirs douloureux et des sentiments d'impuissance encore présents à ce jour.

Cette prise de contact inattendue devenait une mission personnelle, une chance de faire enfin justice pour sa défunte épouse, une chance de donner une voix aux victimes de cet homme insaisissable. La tentation de répondre à l'appel de la vengeance pulsait dans ses veines comme un junkie en manque de sa dose.

Le choix lui appartenait, une décision cruciale qui pourrait sceller son destin à jamais. Dans un geste hésitant, Mordred ferma les yeux un bref instant, laissant son esprit vaciller entre la prudence et la tentation. Au fond de lui, il sentait que cette affaire pouvait également être un scoop incroyable pour son blog, et une opportunité de mettre la lumière sur l'obscurité qui l'entourait depuis si longtemps. L'idée de pouvoir entrer en contact avec celui qui avait agi en son nom était à la fois tentante et terrifiante. Pendant des années, le désir de vengeance inassouvi avait hanté ses pensées.

Dans un tourbillon d'émotions mêlées, entre crainte et colère, il s'engagea à aller de l'avant, déterminé à affronter la vérité pour percer le mystère derrière les actes de cet assassin mystérieux. Il décida donc de le rencontrer ! Puis, avec une résolution calme et déterminée, il cliqua sur « Répondre », son doigt effleurant l'écran qui pourrait donner un nouvel élan à sa vie.

Objet : Re : Morgane : L'appel de la vengeance

Toi, l'Anonyme,

Je ne sais pas qui tu es ni pourquoi tu as décidé de me faire justice. Mais si tu as du temps à m'accorder pour une interview, alors je suis prêt à te rencontrer. Donne-moi le lieu et l'heure, et je serai là. Mais sache que je ne suis pas naïf. Si tu me joues un mauvais tour ou si tu me menaces, tu regretteras de m'avoir contacté.

Mordred

Chapitre 3 : Au seuil de l'inconnu

Le jour du rendez-vous, Mordred sentait son cœur tambouriner dans sa poitrine, son esprit tourmenté par une multitude de questions et d'appréhensions. Alors qu'il se dirigeait vers le lieu convenu, il fuma plusieurs cigarettes d'affilée, cherchant en vain à calmer ses nerfs et à faire disparaître ses sueurs froides.

Les mains moites et l'esprit agité, il se demandait ce qui allait ressortir de cette rencontre. Des interviews, il en avait mené des centaines dans sa carrière de journaliste, mais celle-ci allait être différente. Il pouvait le sentir dans l'air, comme une énergie électrique chargée de mystère.

Des questions banales résonnaient dans son esprit, des questions qu'il n'aurait jamais pensé poser à l'assassin du meurtrier de sa femme.

Qui était cet homme réellement ? Quels étaient ses motivations, ses secrets les plus sombres ? Pourquoi éliminer cet individu détestable qui avait ruiné sa vie et le contacter juste après ? Mordred se sentait comme un explorateur se lançant dans l'inconnu. Suivant les raisons derrière l'acte de l'assassin, Mordred restait aussi attentif à l'aspect surnaturel de la vidéo, y voyant également une opportunité de scoop pour son blog.

L'après-midi avançait lentement, le soleil déclinait à l'horizon, baignant le monde d'une lumière dorée. Pourtant, dans le cœur de Mordred, une ombre persistante planait, alimentée par l'incertitude et le mystère qui l'attendaient.

Il se demandait comment serait cet homme. Il n'avait aucun trait de sa personne, aucune indication sur son apparence ou sa personnalité. Mordred avait visionné la vidéo à maintes reprises, mais la qualité floue ne lui avait offert qu'un aperçu superficiel, loin d'être suffisamment précis pour pouvoir clairement l'identifier. Cette ambiguïté l'angoissait autant qu'elle l'excitait, une étrange alchimie d'émotions contradictoires remuant en lui.

Une intuition étrange le traversait, un pressentiment indéfinissable qui lui murmurait que quelque chose d'important était sur le point de se produire.

Malgré toutes ses années d'expérience, Mordred ne pouvait prédire le déroulement de cette interview. Mais au fond de lui, il savait que cette rencontre allait changer sa vie, d'une manière ou d'une autre.

Il se retrouvait finalement sur place, face à une friche industrielle déserte et abandonnée, loin de toute activité humaine. L'heure de sa montre affichait impitoyablement 18 h 10, l'heure convenue pour cette rencontre. À peine eut-il posé le pied sur le sol de ce lieu oublié qu'un message s'afficha sur l'écran de son téléphone. Les mots s'illuminèrent dans l'ombre grandissante d'un début de soirée, l'informant de suivre des indications précises pour accéder à l'intérieur de l'immeuble.

« Le code est 1916. Porte bleue à l'entrée du bâtiment devant vous. Installez-vous à l'intérieur sur la chaise vide côté fenêtre. »

Les instructions étaient claires, concises, mais le climat pesant qui régnait autour de lui ajoutait une dimension mystérieuse à cette simple communication. Mordred avala difficilement sa salive, son esprit tourmenté par une multitude de questions sans réponses.

Sans plus attendre, il se dirigea vers la fameuse porte bleue pour taper le code et entrer, ses pas résonnant dans le silence oppressant du bâtiment vide et sombre ; sûrement un ancien entrepôt abandonné depuis plusieurs années, se dit-il. Il vit de vieilles canettes de bière et d'autres sortes de déchets joncher le sol et sentit des odeurs très désagréables. Les murs étaient recouverts de vieux graffitis défraîchis par le temps. L'air était sec, il faisait très lourd, l'ambiance de ce lieu était une caricature d'un mauvais rendez-vous pour un deal entre bandes rivales.

Chaque pas le rapprochant un peu plus de l'inconnu qui l'attendait, Mordred fut étonné de ne voir personne. Il semblait seul dans cet immense bâtiment à la hauteur d'une cathédrale, mais il sentit une présence sans pouvoir dire où elle se trouvait précisément. La chaise vide sous la fenêtre était là, l'invitant à prendre place et à affronter son destin. Il s'assit, les sens en alerte, le cœur battant la chamade, attendant l'arrivée de celui qui avait orchestré cette rencontre.

Les carreaux de la fenêtre étaient à moitié brisés et laissaient passer la lumière rasante du soir sur une moitié de son visage. Il distingua à moins d'une dizaine de mètres dans la pénombre la présence d'une deuxième chaise vide. Il comprit son petit manège. L'assassin de la vidéo ne voulait pas qu'il puisse clairement l'identifier tout en l'observant durant leur futur échange. Comme si tout avait été orchestré pour que son interlocuteur le fasse se sentir en positon de doute et de faiblesse.

Il entendit des pas qui approchaient du fond de l'entrepôt, sa gorge était nouée et sèche. Mordred se devait de ne montrer aucune émotion. Dans cet endroit oublié, au crépuscule de la journée, une rencontre pleine de promesses s'apprêtait à s'écrire.

Le face-à-face pouvait enfin avoir lieu et l'interview pouvait commencer.

Chapitre 4 : L'entretien nocturne

— Bonjour, Mordred ! chuchota l'homme d'une voix riche de mystères. Je suis Arthur.

— B… bonjour, Arthur.

Mordred, surpris, sursauta sur sa chaise à l'arrivée de ces premiers mots, puis reprit :

— Merci de m'avoir proposé cette entrevue. J'imagine que vous avez vos raisons pour choisir un lieu aussi… insolite.

Arthur esquissa un léger sourire, invisible dans l'obscurité.

— Tout a sa raison d'être, Mordred. Le lieu, le moment… Chaque détail est soigneusement accordé, dit-il d'un ton ironique alors qu'il prenait place sur la chaise vide placée face à lui.

Arthur prit le temps, une fois assis, de dévisager son interlocuteur tout en étant lâchement dissimulé. Entre les deux hommes, une tension palpable électrisait l'ambiance, comme si chaque mot échangé allait redéfinir la réalité de Mordred pour toujours.

L'un savait, l'autre doutait. Mordred prit une profonde inspiration, puis déclara :

— Commençons, si vous le voulez bien. Pourquoi m'avoir contacté et qui êtes-vous ?

Dans l'obscurité, Arthur sembla se figer un instant avant de répondre d'une voix posée :

— Je suis un homme qui cherche la justice là où elle est souvent absente.

Mordred fronça les sourcils, tentant de percer le secret qui entourait cet homme.

— Et quel genre de justice cherchez-vous exactement ?

Arthur inclina légèrement la tête.

— La justice pour ceux qui n'ont pas de voix, pour les victimes des ténèbres qui rôdent dans l'ombre. La justice que le monde ordinaire ne peut pas toujours apporter.

Une lueur d'intérêt naquit dans les yeux de Mordred. C'était la première fois qu'il entendait une telle déclaration, et cela éveillait en lui un mélange de curiosité. Qui était vraiment cet homme énigmatique assis devant lui, et quelles étaient ses véritables intentions ? Cependant, Mordred savait qu'il devait rester professionnel, du moins en apparence.

— Et comment comptez-vous apporter cette justice ?

— Cela dépendra des circonstances. Parfois, la vérité se révèle d'elle-même. Parfois, elle nécessite un peu d'aide pour émerger des ténèbres.

Mordred commença à montrer des signes d'agacement et insista d'un ton un peu plus autoritaire :

— Mais qui êtes-vous vraiment ? Pourquoi avez-vous tué cette infâme pourriture ? Vous m'avez fait venir ici pour cette interview, j'ai besoin d'une réponse claire.

Dans un silence pesant, Arthur sembla prendre un moment pour considérer sa réponse. Puis, d'une voix calme, mais déterminée, il répondit :

— Je suis un vengeur de démons, Mordred. C'est dans ma nature d'éliminer les êtres dépourvus d'humanité. J'opère au sein d'une société secrète vouée à protéger l'humanité des forces obscures qui menacent de la détruire.

Une étincelle de scepticisme s'alluma dans les yeux de Mordred. Un vengeur de démons ? Une organisation secrète ? C'était trop fantastique pour être vrai. Il garda son regard fixé sur la silhouette d'Arthur, attendant le moindre signe ou mouvement qu'il pourrait interpréter comme un mensonge ou une tentative de manipulation.

Arthur continua, sur un ton mêlant détermination et assurance :

— Notre vie est faite de sacrifices et de luttes incessantes contre les forces du mal. Nous affrontons l'obscurité pour préserver la lumière, même si cela signifie nous plonger dans les ombres les plus sombres de l'âme des démons.

Malgré les paroles assurées d'Arthur, Mordred était surpris et resta plus que sceptique quant à la direction qu'était en train de prendre l'interview. Cette révélation défiait toutes les lois de la logique et de la rationalité. Il se sentait comme piégé dans un conte pour adolescents ou victime d'un vieux canular. Mais la réalité sordide de la vidéo du meurtre l'empêchait de simplement rejeter les affirmations d'Arthur.

Mordred, toujours incrédule, semblait vouloir jouer le jeu et le suivit dans cette orientation, puis poursuivit :

— Une société secrète de vengeurs de démons ? Depuis quand existe-t-elle ? Qui la dirige ?

Arthur répondit d'un ton solennel :

— Notre société existe depuis des siècles, voire des millénaires. Depuis son existence, l'organisation opère dans l'ombre, évitant soigneusement la lumière des projecteurs de la société humaine. Pour demeurer insaisissable, l'ordre a tissé des liens discrets avec une poignée d'hommes parmi les plus puissants et influents du monde. Ces individus, étrangers à nos projets, mais conscients de leur importance, agissent comme des gardiens, veillant à ce que notre existence demeure voilée aux yeux du monde. Ils garantissent ainsi notre capacité à opérer sans entrave, à poursuivre notre mission occulte sans jamais rendre de comptes aux lois et aux autorités des hommes. L'organisation est dirigée par des Ducs, des êtres choisis pour leur sagesse, leur courage et leur dévouement à la cause. Les Ducs veillent sur les activités des vengeurs de démons, guident nos actions et prennent les décisions les plus cruciales. Il est possible qu'il existe d'autres niveaux supérieurs à ceux des Ducs, mais cela reste très spéculatif.

Mordred se pencha légèrement en avant, intrigué par ces confidences. Il mit sa tête entre ses mains, glissa ses doigts dans ses cheveux gras et prit un temps pour réfléchir à cette situation. Il saisit une lente et profonde respiration, puis posa sa question suivante :

— Et quel est le rôle des Ducs dans cette société secrète ?

Arthur expliqua avec une nuance de respect :

— Les Ducs veillent à entretenir une relation de confiance avec des hommes de pouvoir depuis les temps des rois jusqu'à aujourd'hui. Ils sont les gardiens de nos traditions, les protecteurs de nos secrets les plus profonds. Ils assurent la cohésion de notre organisation, s'assurant que chaque membre est guidé par les principes de notre ordre qui sont la discrétion et l'élimination du mal.

Il marqua une pause comme s'il cherchait ses mots et continua son explication en toute détente.

— L'autorité des Ducs est incontestée, leur sagesse inestimable. Ils ne vont jamais sur le terrain pour affronter les démons. Leur rôle est d'organiser, de planifier et de coordonner nos opérations tout en gardant une distance avec nous, les vengeurs de démons. Ils veillent à ce que tout soit bien respecté dans l'ordre, préservant ainsi nos secrets et protégeant nos intérêts dans le seul but de purifier l'humanité de la haine démoniaque. Mais l'un de leurs rôles les plus précieux est certainement le recrutement des futurs vengeurs, un secret et un talent pour les trouver qu'eux seuls possèdent.

Mordred absorba ces informations avec une fascination mêlée de doute. C'était comme plonger dans un monde parallèle, où la réalité se mêlait étroitement à la mythologie. Il se demandait quelles autres révélations se cachaient derrière ces mots, quelle vérité attendait d'être découverte dans les recoins de cette organisation secrète des vengeurs de démons. Mordred, cherchant à en savoir plus sur les mystères entourant les vengeurs de démons, demanda à Arthur :

— Comment les vengeurs de démons sont-ils choisis par les Ducs ? Quels critères guident leur sélection ?

Le regard imperceptible d'Arthur dans la pénombre sembla s'être plongé dans les pensées et l'inconscience de Mordred. Un silence pesant s'installa, comme si les ombres elles-mêmes écoutaient la réponse à venir. Arthur, d'une voix profonde, répondit avec ironie et lentement :

— Déjà, on ne postule pas... Les vengeurs de démons sont choisis par les Ducs selon des critères aussi mystérieux qu'inflexibles. Chaque vengeur est sélectionné pour ses qualités uniques, ses forces cachées qui, une fois révélées, constituent l'essence même de notre lutte contre les ténèbres. C'est une sélection très personnelle qui varie suivant plusieurs paramètres, comme la personnalité, la conviction et d'autres aptitudes que seuls les Ducs savent voir. Ils sont les gardiens des secrets de notre société, agissent dans l'ombre, tissant les fils du destin avec une précision divine. Ils scrutent l'âme des candidats, discernent les éclats de lumière dans l'obscurité, et choisissent ceux qui sont destinés à devenir les protecteurs de l'humanité.

Il marqua une pause avant de poursuivre :

— Quant aux tatoueurs, ils ont aussi une existence et un secret bien gardés au sein de l'organisation. Ils suivent un rite antique, connu uniquement des leurs, qui consiste à marquer de tatouages les futurs vengeurs de démons recrutés par les Ducs.

Mordred se sentait comme emporté dans un tourbillon d'émotions et de questions après les révélations d'Arthur. Les paroles de son interlocuteur semblaient le captiver comme par magie, le plongeant dans un état de fascination et d'étonnement. Malgré cela, il restait abasourdi et sceptique face aux divulgations d'Arthur, se demandant si tout cela pouvait être réel ou simplement le fruit d'une imagination débordante. Il avait l'impression que la frontière entre ce qui était réel et ce qui ne l'était pas devenait floue, le laissant confus et intrigué.

Chapitre 5 : Les secrets scellés

Toujours sous le coup des révélations d'Arthur, Mordred reprit son souffle et poursuivit l'entretien :

— Parlons des tatoueurs alors ! Qui sont-ils et quel rôle jouent-ils dans votre organisation ?

Arthur acquiesça, endossant la posture d'un complice consentant.

— Les tatoueurs, Mordred… ce sont les artistes de notre destinée. Leur rôle est crucial dans notre processus de recrutement. Les Ducs, nos maîtres, choisissent les futurs vengeurs de démons. Une fois sélectionnés, ces candidats passent entre les mains agiles des tatoueurs pour sceller à jamais leur future identité dans leur chair.

Le journaliste frissonna, captivé par la portée de chaque mot et par le mystère de ces révélations.

— Comment opèrent-ils ? demanda-t-il, intrigué.

— Les tatoueurs ont une connaissance ancestrale mélangée à un don sacré. Ils utilisent le sang de démon pour marquer les futurs vengeurs. Ces tatouages ne sont pas de simples ornements, ce sont des symboles de notre engagement, des liens avec notre héritage. Le tatouage fait au sang de démon, combiné aux rites des tatoueurs de l'organisation, donne d'immenses pouvoirs aux hommes qui le reçoivent.

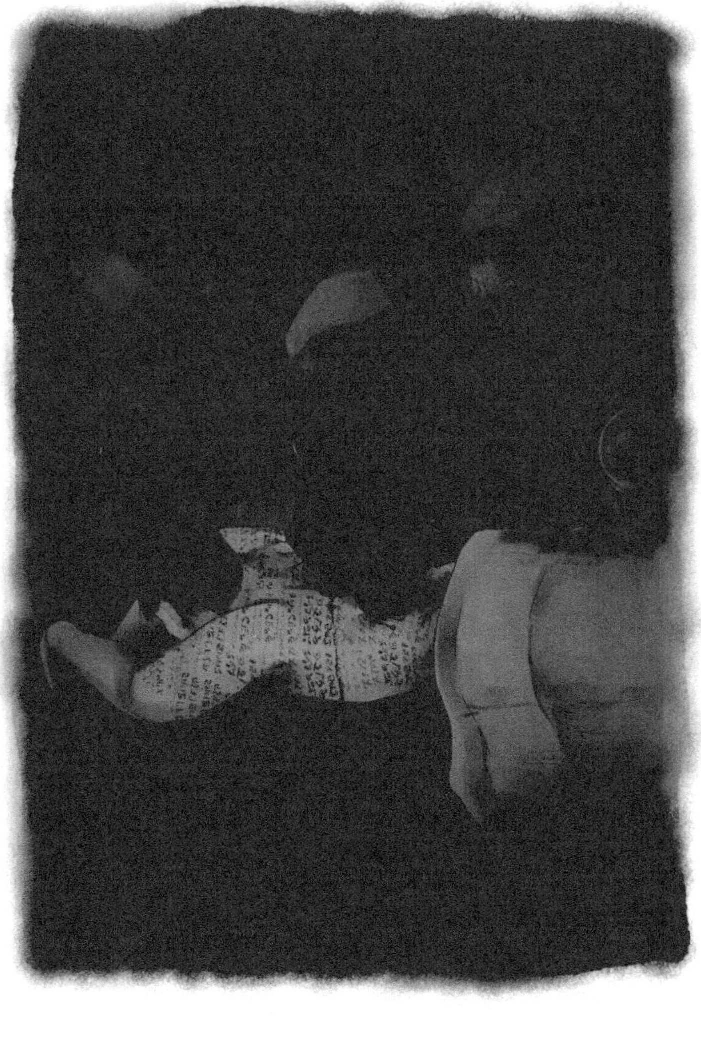

Mordred tenta d'interpréter l'esthétique des tatouages expliquée par Arthur : des sortes de caractères cunéiformes rectilignes parcourant l'épiderme des vengeurs sur l'ensemble de leurs membres. Comme une sorte de vieille langue étrange gravée dans leur chair.

— Quelle est leur signification ? interrogea-t-il, frémissant d'une curiosité mêlée d'appréhension.

— Chaque motif, chaque ligne renferme un fragment de notre histoire, de notre devoir, expliqua Arthur. C'est un langage secret, connu seulement des initiés. Les tatouages sont notre identité, notre force, mais aussi notre fardeau. Certains ne survivent pas au rituel des tatoueurs, leur corps rejetant le pouvoir du sang de démon.

Dans cet instant figé entre l'ombre et la lumière, Mordred se sentait englouti par sa chasse de vérité, mais également captivé par l'appel envoûtant des secrets de cette organisation. Les paroles d'Arthur, dans la partie sombre de la pièce, résonnaient comme une incantation, invoquant des révélations toujours plus folles. Malgré sa soif de comprendre les motivations d'Arthur dans l'élimination du meurtrier de sa femme, son obsession semblait désormais reléguée au second plan, éclipsée par l'attrait irrésistible des sombres secrets entourant une organisation dédiée à la traque des démons.

Chapitre 6 : Les puissances cachées

Mordred sentit une bouffée d'excitation mêlée d'appréhension, mais continua à lui poser ses questions l'air de rien :

— Et qu'en est-il des pouvoirs des vengeurs de démons ? Quels sont-ils ? demanda-t-il, les yeux brillants de curiosité.

Arthur inclina légèrement la tête, révélant ainsi un fragment de la vérité cachée.

— Nos pouvoirs, Mordred... ils sont le fruit de notre essence modifiée par les tatoueurs et de notre lien avec le secret millénaire de l'organisation.

Il laissa un moment de suspense planer dans l'air avant de poursuivre.

— Physiquement, nous surpassons nettement les hommes les plus robustes. Notre force, nos sens, notre vitesse... Tout est décuplé, amplifié au-delà des limites du vivant connu sur Terre. Nous vieillissons moins vite, nous pouvons nous régénérer de blessures qui briseraient un être humain ordinaire.

Mordred sentit son souffle se suspendre, comme si chaque mot était un fil le reliant à un univers parallèle, inexploré. Il voulut plus de détails et sentit qu'il était dans la retenue dans son explication. Alors, il ajouta :

— Et autre chose à savoir ? murmura-t-il, presque incrédule.

Arthur se frotta doucement le menton, comme s'il prenait le temps de peser ses mots. Parler de ses pouvoirs, c'était comme le laisser entrer dans son intimité ; il y avait pour lui une forme de pudeur dans cette pause silencieuse que ça en était presque gênant. Puis il reprit son discours :

— Nous avons trois pouvoirs psychiques, des armes mentales que nous brandissons contre les démons que nous défions. L'hypnose, d'abord, pour plonger les démons dans un abîme de confusion ou de folie. Un geste ou un son, et leur esprit est nôtre. Avec cette maîtrise, nous sommes capables d'enfermer la conscience des démons dans le noir, les coupant de leurs sens et les plongeant dans un état de bouleversement profond. Sous l'influence de cette hypnose, les démons peuvent être transformés en des versions inoffensives d'eux-mêmes, parfois même réduits à l'état d'une petite créature paisible et fragile dépourvue de toute menace ou malveillance. C'est un atout redoutable qui nous permet de retourner un combat à notre avantage, rendant les démons impuissants face à cette aptitude. Cependant, ce pouvoir a ses limites. En fonction de la puissance du démon, nous ne pouvons maintenir cet état hypnotique indéfiniment, c'est un avantage, mais de courte durée.

Un autre silence s'installa, laissant les mots se perdre dans la pénombre de l'immense pièce.

— La paralysie, ensuite, reprit Arthur d'une voix calme. Imaginez une force invisible, une entrave qui lie nos ennemis, les fige dans l'immobilité comme des marionnettes suspendues à nos volontés. C'est une arme redoutable, un outil de contrôle qui nous permet de dicter le cours du combat. En fonction de notre maîtrise et de notre puissance, cette paralysie peut durer quelques instants ou s'étendre sur une éternité, laissant nos adversaires pris au piège de leur propre impuissance.

Il marqua un arrêt, laissant ses paroles imprégner l'air de mystère. Mordred sentait son esprit vaciller devant l'image évoquée par Arthur, celle d'une force invisible qui enlaçait l'adversaire dans un étau de paralysie. La notion même de pouvoir sur la mobilité, sur la liberté de mouvement le troublait profondément, lui laissant un goût amer d'impuissance et d'injustice dans sa propre bouche. Un sentiment qu'il connaissait malheureusement trop bien.

— Pour finir, chaque vengeur de démons possède une arme pour les combats au corps à corps et pour la mise à mort des démons. Une arme qui nous est fétiche. Une extension de notre être, de notre âme. J'ai une sorte d'épée magique, invisible dans le dos, qui apparaît uniquement quand je l'ai en main, une lame qui se matérialise dans l'urgence, qui tranche le voile de la vérité et libère les démons de ses plaies.

Dans l'obscurité tamisée, ses mots semblaient faire résonner un lointain passé, un appel à la puissance dormante en chaque vengeur de démons. Pour Mordred, c'était comme si une brume épaisse s'installait dans son esprit déjà embrouillé par les révélations antérieures. L'idée d'armes magiques et de pouvoirs surnaturels le laissait plus que perplexe, incapable de démêler le fil de la réalité de celui de la fiction. Les mots d'Arthur flottaient dans l'air comme des spectres, laissant Mordred se débattre dans un océan de doutes et de désordre, où la vérité semblait se dissoudre.

Pourtant, même au milieu de cette confusion, une image persistait dans l'esprit de Mordred. Celle de la vidéo qu'il avait reçue. Le meurtre brutal, la violence surnaturelle de l'assassin... Tout cela semblait étrangement être en accord avec les révélations d'Arthur. Évitant habilement d'aborder le sujet de Morgane, Arthur éveilla l'instinct de Mordred quant à la véritable portée de l'entretien qu'il lui avait proposé, suscitant des soupçons sur ses intentions et ses motivations.

Chapitre 7 : L'origine des démons

Assis sur sa chaise, Mordred sentait son esprit embrumé et méfiant par les révélations d'Arthur. Alors que ce dernier poursuivait ses réponses. Mordred, dans un état de trouble, presque sonné, continua son interview pour savoir jusqu'où Arthur était capable d'aller dans son histoire.

— D'où viennent les démons ? Quelles sont leurs origines ? demanda-t-il, l'air innocent et d'une voix tremblotante.

Arthur, toujours dissimulé dans l'ombre, prit un moment de réflexion avant de répondre.

— Les racines des démons plongent aux origines mêmes de l'humanité. Ils résident au plus profond de l'âme humaine, sont gravés dans nos gènes dès les premiers instants où notre existence a connu l'absence de remords. C'est là que les premiers hommes ont éprouvé la dualité entre la lumière et les ténèbres.

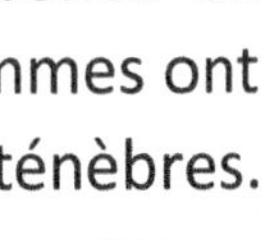

Cette révélation plongea Mordred dans une profonde perplexité. Les démons, enracinés dans chaque être humain depuis les temps les plus reculés ? Cette idée bousculait les fondements mêmes de sa compréhension du monde, remettant en question les limites entre le bien et le mal. C'était comme si une révélation intérieure éclatait soudain, révélant que le bien et le mal faisaient partie de l'essence même de l'homme, chacun luttant pour dominer l'autre. Mordred comprit alors que l'équilibre entre ces deux forces opposées était crucial. Donner trop d'importance à son côté sombre, c'était prendre le risque de faire naître un monstre, de laisser le démon intérieur prendre le dessus et corrompre l'âme jusqu'à la métamorphoser en un être ténébreux et destructeur.

Arthur continua :

— Les démons sont classés en fonction de la puissance de leurs crimes commis en tant qu'humains. Selon l'organisation, cette classification repose sur plusieurs critères, notamment la gravité des actes, leur impact sur la société et les motivations qui les animaient. Les crimes les plus graves, comme les meurtres prémédités et les actes de terreur, sont considérés comme les plus puissants, de la même façon que ceux ayant causé des pertes massives en vies humaines ou des dégâts matériels considérables sont également hautement classés.

De plus, la répétition des crimes ou un historique de comportements criminels récurrents peut augmenter le niveau de puissance attribué à un démon. Ce système de classification, bien que sombre et sinistre, nous permet de hiérarchiser, de prioriser et de nous préparer à affronter les démons les plus redoutables. Nous avons tous le choix ! poursuivit Arthur. C'est à nous de veiller à ne pas laisser cette obscurité prendre le dessus, à ne pas la nourrir outre mesure. Chaque pensée haineuse, chaque acte malveillant est une goutte d'eau qui alimente ce démon intérieur, le faisant croître en puissance jusqu'à ce qu'il se manifeste pleinement. Les démons, qu'ils émergent du monde des anciens criminels, manipulateurs, trafiquants ou encore assassins, incarnent les ombres les plus noires de notre propre nature déchue. Chaque crime, délit, faute, méchanceté a des répercussions sur notre civilisation et sur notre humanité. La transformation d'une personne en démon est le résultat d'un enchaînement de mauvaises actions, d'une répétition de transgressions qui finissent par altérer notre essence même. Cette métamorphose est un voyage macabre où l'individu perd peu à peu sa vitalité, emporté par le mal en l'absence de remords. Plus nous le nourrissons de nos émotions et de nos actes les plus sombres, plus il grandit en puissance, nous éloignant un peu plus de notre humanité, jusqu'à ce qu'il prenne pleinement le contrôle. Arrivé à ce stade, il est trop tard pour la repentance, il amorce alors sa descente inexorable vers sa nouvelle vie de démon. C'est une seconde naissance marquée par la corruption et le mal.

Les paroles d'Arthur résonnaient dans le silence, faisant écho aux pensées tourmentées de Mordred.

— Les démons sont des créatures de cauchemar, continua Arthur. Leur apparence est une distorsion grotesque de ce que nous sommes, une manifestation de nos pires peurs, de nos plus sombres désirs. Ils sont entièrement matérialisés par la haine et l'agressivité. Leurs traits évoquent l'image même de la déchéance humaine, avec des membres tordus, des visages sans relief. Ils représentent la souffrance et les tourments de l'âme, ils sont dotés d'une capacité destructrice à la limite de l'imaginaire, menaçant d'envahir le monde entier dans le chaos et la désolation.

Une vague de terreur submergea Mordred alors qu'il imaginait les démons tapis dans les ténèbres environnantes.

— Cependant, ajouta Arthur d'un ton solennel, les démons ne peuvent être stoppés que par leurs semblables. Ce sont les vengeurs de démons, ceux qui portent en eux le même sang que ces créatures maudites, qui détiennent le pouvoir de les affronter. Nos tatouages, faits à l'encre de sang de démon, sont le symbole de notre engagement à protéger l'humanité contre les forces obscures qui la menacent.

Un frisson d'adrénaline parcourut Mordred, qui peinait à croire à cette perspective, que des gardiens puissent combattre les ténèbres cachées depuis des millénaires. Ces guerriers vengeurs prêts à défier les démons issus d'hommes corrompus et torturés par la malveillance et les ténèbres pour assurer la continuité de l'existence humaine. Mais il se demanda aussi si le meurtrier de sa femme était l'un d'entre eux, et si Arthur l'avait précisément vengé...

Chapitre 8 : L'heure des comptes

Mordred, scrutant l'obscurité dans la direction où se tenait Arthur, accusa le coup de ces dernières révélations. Il prit une profonde inspiration avant de poser la question suivante.

— Pourquoi avez-vous pris contact avec moi et accepté cette interview ? Et pourquoi risquer de divulguer un secret millénaire ?

Arthur fit un petit bruit avec sa bouche, comme s'il venait d'esquisser un sourire. Puis, d'une voix calme et mesurée, il répondit :

— Je n'ai jamais prétendu que cette interview pourrait un jour être publiée et briser le secret de l'organisation ! C'est selon mes règles que je vous ai contacté et proposé de me rencontrer, dans cet endroit, à cette heure. Ce que vous avez fait, c'est m'avoir répondu et accepté mes conditions, à la suite de la découverte de la vidéo et du message que je vous ai envoyés. C'est votre avidité de vengeance, couplée à l'idée de faire le buzz sur votre blog en publiant une interview avec un assassin aux pouvoirs surnaturels qui vous a poussé à venir me rencontrer.

Cette réponse surprit Mordred. Il avait supposé et interprété que l'interview était destinée à être publiée et partagée sur son blog. Il était persuadé de détenir un scoop qui allait bousculer l'humanité via sa communauté. Mais les paroles d'Arthur le ramenaient à la réalité brutale de la situation. Mordred sentit monter en lui une question pressante, une interrogation qui lui brûlait les lèvres : pourquoi Arthur avait-il proposé cette rencontre et accepté l'interview sachant qu'il ne voulait pas que ses paroles soient rendues publiques ? Il se sentit pris dans un piège, déconcerté par ces mots inattendus. La crainte l'envahit alors qu'il envisageait la possibilité que tout cela ait été une ruse, une manipulation de la part d'Arthur. Il avait la sensation de n'être qu'un pion dans son jeu, un instrument entre ses mains, sans en connaître les raisons. Alors Arthur le fixa de son regard pénétrant, légèrement perceptible pour Mordred.

— Il est temps que tu saches la vérité, commença-t-il d'une voix grave. Oui, j'ai éliminé le démon qui a pris la vie de ta femme. C'était une action minutieusement planifiée. J'ai orchestré chaque détail, de la filature jusqu'à l'exécution sur ce parking d'hôtel déserté, en veillant à être capturé par une caméra de surveillance que je me suis procurée. Tout était calculé, Mordred. Tu as été ma cible, ma pièce maîtresse dans ce jeu complexe.

Arthur se leva lentement de sa chaise, ses yeux brûlant de détermination, tandis qu'un sourire glacial étirait ses lèvres. Un silence pesant s'installa dans la pièce, laissant présager l'arrivée imminente d'une révélation sinistre.

— Mordred, dit-il d'une voix autoritaire, rien n'est plus facile que de se laisser séduire par les extrêmes pour faire du mal. Il est temps pour toi de répondre de tes erreurs. Je suis venu ici pour te laver de tes horreurs, pour rendre justice aux victimes que tu as sacrifiées sur l'autel de ta vanité. Tu as fini par oublier ta part de responsabilité, la portée de tes actions. Les vies que tu as brisées par pure illusion et par égoïsme. Tu n'as pas seulement trahi la confiance de ceux qui t'ont lu, tu as trahi ta part d'humanité. Tes mensonges, tes calomnies, tes accablantes faussetés ont laissé derrière toi un sillage de destruction, une mer de désespoir. Et tout cela, sur ton infâme blog.

Les accusations pleuvaient, Arthur ne retenait rien, dévoilant chaque péché, chaque erreur, chaque crime commis par l'homme se tenant assis face à lui.

— Tu as ruiné des réputations, détruit des vies, semé le chaos et l'irréparable, continua-t-il d'une voix implacable. Tes actes, tes paroles, ta quête continue de notoriété, de reconnaissance, de dégoût pour la justice, de faim de vengeance t'ont mené à ta perte, Mordred. Des gens sont morts par ta faute, poussés par le suicide ! laissant derrière toi une traînée de soufre.

Puis Arthur ajouta :

— Il est temps que je te révèle le dernier don que je possède. Nous, les vengeurs de démons, avons la capacité de ressentir un homme contaminé par le mal. Nous savons prédire le moment précis où un être humain basculera dans les ténèbres. Nous pouvons ressentir l'émergence du démon en vous ; ça nous fait bouillir le sang, embrasant nos veines. C'est ce pouvoir qui nous permet de traquer les futurs démons qui vivent leurs derniers instants d'humain avant leur mutation en une infâme créature. Nous sommes les gardiens de l'humanité, et grâce à cette aptitude, nous pouvons anticiper et mettre en œuvre l'exécution des démons. Ce soir, tu seras changé en démon, un être déchu de toute humanité, condamné pour l'éternité.

La réalité de ses paroles s'abattit sur Mordred comme un couperet, laissant derrière lui un écho de désespoir. Et pour finir, Arthur commenta :

— La fin d'un homme ne vient pas à sa mort, mais quand il perd son humanité ; tu as perdu la tienne depuis la perte de ta femme et de ton futur enfant ! Pour avoir commis tous ces méfaits, je te condamne à mort, Mordred.

Chapitre 9 : Passage à l'acte

Je suis dans le noir complet, après être tombé la tête la première dans son piège sans me douter de quoi que ce soit, et maintenant je me retrouve comme un con pris dans ses filets. Le salaud, il avait tout prévu avec une précision de malade, ça me fait rager. L'interview ? Juste une grosse blague dans un spectacle où je suis le seul à ne pas connaître mon rôle. La sensation de m'être fait avoir comme ça, de m'être fait mener en bateau, me rend fou. Je surfe sur la vague sans voir le putain de tsunami qui m'arrive droit dessus.

Je ne mérite pas ça, pas moi, pas ici, pas maintenant. C'est un gros délire, un foutu cauchemar dans lequel je me suis laissé entraîner, et je vais me prendre la note de ma propre folie. Arthur avait choisi ce coin paumé, à cette heure tardive, pour mieux partir sans laisser de traces, et dissimuler son horrible plan sournois. J'ai gobé ses absurdités, et maintenant je me rends compte de la taille de mon aveuglement. Quand soudain, je ressens une force qui m'enveloppe, comme si un géant m'agrippait et m'empêchait de me mouvoir physiquement. Je deviens victime de son pouvoir, incapable de bouger, comme par magie.

Dans l'obscurité de la pièce, je me retrouve finalement figé sur ma chaise, complètement immobile comme une statue de pierre. Aucun de mes muscles ne répond, même cligner des yeux semble être un exploit insurmontable. Les pouvoirs immenses d'Arthur me serrent comme des chaînes invisibles, m'étouffant de tout mon être.

Une étreinte invisible enserre ma poitrine, m'empêchant de respirer normalement. Impuissant, je perds l'équilibre et chute de ma chaise, m'agenouillant au sol, les membres inertes. Dans cet état de quasi-inconscience, j'aperçois enfin la silhouette d'Arthur qui sort de l'ombre, signifiant ainsi sa volonté de se révéler.

Il est là, se dressant devant moi tel un guerrier prêt à en découdre, son regard perçant me dévorant dans un silence lourd de sens. Aucune empathie ne se lit sur son visage, tel un prédateur silencieux fixant sa proie avec une intensité terrifiante. La stature d'Arthur impose le respect, il a une présence majestueuse et intimidante. Son corps est d'une forme longiligne et d'une finesse presque irréelle et il semble se mouvoir avec grâce. Chaque geste, chaque mouvement est empreint d'une fluidité naturelle, révélant une agilité et une force maîtrisées avec une précision redoutable.

Sa peau est d'une blancheur presque surnaturelle qui luit faiblement dans l'obscurité ambiante, semblable à la clarté d'une pleine lune. Ses cheveux, d'un blanc éclatant, tels des fils argentés, mettent en valeur son visage sans émotion et dépourvu de tout sentiment. Son regard, angoissant et pénétrant, semble sonder les profondeurs de mon âme avec une intensité déconcertante, révélant une intelligence et une détermination inébranlables. Chacune de ses expressions, bien que rares, est chargée d'une puissance silencieuse, reflétant des émotions cachées sous une apparence statique. Une aura puissante et glaciale émane de lui, emplissant la pièce de son influence oppressante. Son souffle, ses battements de cœur semblent résonner dans l'air chargé d'électricité, amplifiant une atmosphère lourde de tension et de mystère.

En sa présence, je ne peux m'empêcher de ressentir une impression de respect mêlée de crainte ; il est une force surnaturelle insaisissable et insurmontable. Je réalise que je me trouve face à un être bien au-delà de ma compréhension, un être dont la nature transcende les limites du réel.

Alors qu'il reste là à me fixer, totalement immobile, mon esprit tourbillonne de questions. Comment peut-il avoir un tel contrôle de soi dans un moment comme celui-là ? Je perçois en lui un véritable tueur, un manipulateur impitoyable dont les fils invisibles semblent me tenir en otage. J'observe le bras d'Arthur s'étirer dans ma direction, la main ouverte et les doigts écartés tels ceux d'un marionnettiste manipulant son pantin. Je me sens désormais être cette marionnette, une entité impuissante sous le pouvoir absolu du vengeur de démons. C'est effrayant.

Je remarque l'un des tatouages sur une partie de l'avant-bras et du poignet d'Arthur, une série de symboles formant des lignes fines qui paraissent luminescentes dans l'obscurité. Les pupilles d'Arthur, injectées de sang, semblent émettre une lumière incandescente, me plongeant dans les abysses de son âme. Sous l'emprise d'Arthur, mes pensées et ma conscience deviennent prisonnières, enveloppées dans un voile de confusion. Je perds toute notion du temps et de l'espace, j'ai la sensation de tomber dans un vide où il n'y a plus de haut et de bas, où mes sens s'effacent. Comme si ma tête était dans une boîte hermétique à la vue, au son et à l'odeur.

Arthur pénètre mon esprit, me laissant dans un désordre total. Mais j'essaye de résister, me focalisant sur ma respiration comme seul point d'ancrage dans la réalité pour m'échapper à cet état hypnotique. Je compte mentalement mes respirations, m'efforçant de me détacher de son emprise psychique pour retrouver ma lucidité. Alors que je retrouve peu à peu mes esprits, je prends conscience de ma situation. Je me trouve à genoux devant le vengeur de démons. C'est trop tard, je viens de comprendre que je suis impuissant face à cet homme dont les aptitudes surhumaines défient toute logique et toute résistance pour un homme ordinaire comme moi. Alors, dans un dernier soupir de résignation, j'admets ma défaite.

Pas un mot, pas un geste de rébellion ne franchit mes lèvres. Je sais que toute tentative de résistance serait vaine face à la puissance cruelle d'un vengeur de démons.

Arthur, dans un flegme imperturbable, glisse une main derrière son épaule et tire de son dos une épée d'une beauté extraordinaire. La lame semble émettre sa propre lumière, d'un bleu argenté éclatant qui n'est en rien ordinaire. Elle est ornée de petites inscriptions et de symboles semblables à ceux gravés sur sa peau, comme si elle était une extension de son corps et une manifestation de sa puissance.

À la merci d'Arthur, je saisis la gravité de ma condamnation. Une acceptation se lit sur mon visage, mêlée à des doutes. Je me questionne sur les choix qui m'ont conduit à cette situation, sur ma soif de réussite au détriment de la morale, sur les doutes concernant l'opacité de mes ambitions. Je réalise que j'ai choisi la voie facile, traitant avec l'obscurité sans me soucier des conséquences, parfois même en y prenant un certain plaisir. Maintenant, dans cet instant solennel, je comprends que les répercussions de mes décisions sont inévitables. Je sais que je dois rendre des comptes pour mes erreurs, pour mon passé de cybercriminel, pour la douleur que j'ai infligée à tant de personnes innocentes.

Dans un tourbillon de douleur et de rage, je me voyais privé de tout ce que je chérissais le plus au monde. Mais au lieu de choisir la voie de la rédemption, j'avais décidé de répandre le mal, de semer le chaos pour soulager ma peine, comme si ma souffrance justifiait mes actes. J'avais choisi de faire payer à des innocents ce que j'avais injustement subi, par principe de réciprocité. Un choix lâche et désespéré, déformant ma vision du bien et du mal jusqu'à perdre ma vraie nature.

Je sens que c'est la fin. Mon cœur semble s'arrêter de battre, mes mains deviennent blanches et mon corps se métamorphose lentement. Une immense haine m'envahit, montant en moi tel un torrent d'eau déchaîné. C'est une haine pure, une rage que je n'ai jamais ressentie auparavant. Tout en moi brûle de colère, un désir violent de vengeance éclipsant tout le reste.

Dans un élan incontrôlable, je ressens l'envie de détruire, de briser, de massacrer. Une vision terrifiante de meurtre s'empare de moi, me dictant de prendre la vie de mon bourreau avec une férocité sans égale. Détruire, tuer avec violence, c'est ce que je ressens au plus profond de moi à cet instant. Je rêve de lui écraser la tête entre mes mains et de lui arracher son cœur avec mes dents. Le faire souffrir et le tuer comme le ferait un animal féroce. Je viens définitivement de perdre la raison et laisse s'échapper toute la noirceur de mon âme cumulée depuis tant d'années en un être démoniaque.

Pendant ce tumulte intérieur, la transformation en démon commence. Je sens mon essence se déformer, se tordre dans une agonie inexprimable. Il est 19 h 16 à ce moment précis et au plus profond de ma métamorphose, je ressens la froideur de la lame d'Arthur qui transperce mon corps de part en part. Mon cœur vient d'être percé avec une précision chirurgicale, mettant fin à mon existence humaine et de démon.

Dans cet instant ultime, je ne ressens plus aucune émotion. Ni peur, ni agressivité, ni agonie, ni souffrance intérieure. C'est le vide total. Comme si Arthur venait de laver tous mes péchés d'un seul coup d'épée bien placé. Silencieux, sans un cri, je m'effondre sur le sol, mon visage à ses pieds. C'est la fin de mon calvaire. La fin de mes tourments, des années de souffrance, de torture morale et d'injustice. Je suis enfin libéré de mes chaînes.

Dans ce dernier souffle, je trouve la paix et le début d'un repos éternel loin des ténèbres qui m'avaient tant tourmenté. Mon histoire s'achève ici, sur un sol taché de mon sang, dans l'ombre d'une nuit étrange et funeste. Et tandis que le silence retombe dans cet immense bâtiment vide, où tout paraît irréel le temps de cette soirée, seul Arthur contemple ma dépouille d'un air satisfait, fier de son travail bien fait. Il prélève mon sang de démon encore chaud en guise d'élixir pour de futurs vengeurs de démons et emporte avec lui le souvenir d'un homme déchu, condamné par ses propres démons. Je viens d'être tué par un démon, tueur de démons !

À tous ceux qui ont acheté ce livre.

« Il y a une forme de gratitude que l'on ne peut exprimer avec des mots, alors je vous l'exprime par le silence. »

Nus et culottés